Cyn Gwneud y Sêr

Lois Rock
Lluniau gan Cathy Baxter
Addasiad Cymraeg gan Delyth Wyn

CYHOEDDIADAU'R
GAIR

Cyn gwneud y sêr
roedd dyfroedd
tywyll a gwyllt
yn gorchuddio'r
gwacter di-lun.

Dywedodd Duw:

"Bydded goleuni."

A bu goleuni.

Ac roedd yn dda.

Yna dywedodd Duw:
"Bydded awyr uwchben
a daear oddi tano.
Bydded tir a môr,
afon a chefnfor, bryn a dyffryn.

Bydded planhigion o bob math:
coed, blodau, rhedyn, glaswelltau,
planhigion â ffrwythau, a phlanhigion â had."
Ac roedd popeth yn dda iawn.

Dywedodd Duw: "Bydded goleuni yn yr awyr i nodi'r dyddiau a'r blynyddoedd, y tymhorau a'r gwyliau, ac i roi goleuni i'r byd."

Felly gwnaeth Duw yr haul euraid
ar gyfer y dydd;
ac ar gyfer y nos gwnaeth
y lleuad wen
a sêr disglair, llachar.

Dywedodd Duw:
"Bydded pethau byw
i lenwi'r byd hardd a hyfryd hwn:

i nofio yn y
dyfroedd;

i gloddio
dan y ddaear;

i hedfan
yn yr awyr;

i redeg
ar y tir;

ac i fod yn ffrindiau
gyda'i gilydd."

A dyna a fu.
Ac roedd popeth
yn dda.
Rhoddodd Duw y
bobl mewn gardd
gyda phopeth
oedd ei angen
arnynt.
Eu gwaith oedd gofalu am fyd Duw.
Roedd yn le hardd a da
lle medrent weithio,
a phob seithfed dydd
caent orffwys ...

... o dan yr haul euraid,
o dan y lleuad wen,
o dan y sêr disglair, llachar.

Dywedodd Duw:
"Gallwch aros yn
ddiogel am byth
yn yr ardd hyfryd hon.
Ond gofalwch
na fyddwch yn bwyta
ffrwyth un goeden:
y goeden yng nghanol
yr ardd. Rydych nawr
yn mwynhau pethau da.
Os bwytewch ffrwyth
y goeden hon byddwch yn profi pethau drwg.
Daw â thristwch, poen a marwolaeth i chi."

Ond anufuddhaodd y bobl.
A daeth y byd cyfan
yn llawn o bethau
sy'n brifo ac achosi poen.

Ond carodd Duw y byd o hyd
a gofalodd yn dyner amdano.
Do, bu adegau
pan oedd yr awyr yn dywyll
a'r bobl yn drist.

Ond bu hefyd
amser i hau,
amser i dyfu,
amser i fedi,
amser i ddathlu
o dan yr haul euraid,
o dan y lleuad wen,
o dan y sêr disglair, llachar.

Yna, un noson,
amser maith yn ôl,
ganwyd baban:
y baban Iesu.

Dawnsiai angylion
ymhlith y sêr disglair
a chanu cân
o newyddion da:
mai hwn oedd mab arbennig Duw,
wedi dod i wella'r byd,
wedi dod i roi llawenydd yn lle tristwch,
yn union fel y mae seren y bore yn gwasgaru
tywyllwch y nos.

Tyfodd Iesu a dangosodd i'r byd
ddaioni a chariad Duw,
gan helpu a iacháu, caru a chwerthin,
maddau ac estyn cyfeillgarwch ...

... o dan yr haul euraid,
o dan y lleuad wen,
o dan y sêr disglair, llachar.

Gwylltiodd rhai
gyda chariad a
daioni Iesu. Buont yn
cynllwynio yn ei erbyn.

Lladdwyd ef.
Cuddiwyd
yr haul
a bu tywyllwch.

Ymhen tri diwrnod, ar fore
euraid, dywedodd ffrindiau Iesu
eu bod wedi ei weld yn fyw eto.
Gwyddent nawr ei fod
yn gryfach na marwolaeth a thywyllwch.
Roedd Iesu wedi agor y ffordd i bobl
sy'n credu ynddo gael dod yn agos at Dduw.

Ac ers yr amser hwnnw,
mae nifer o bobl wedi
rhoi eu ffydd yn Iesu
a dweud wrth eraill
pa mor dda yw bod
yn ffrindiau â Duw.
Ac yn ein dyddiau ni o hyd
canant y newyddion da
o dan yr haul euraid,
o dan y lleuad wen,
o dan y sêr disglair, llachar.

Dywedant y daw amser
pan fyddant gyda Duw
mewn byd newydd, llachar.

Ni fydd angen yr
haul euraid, na'r lleuad wen,
na'r sêr disglair, llachar
gan y bydd goleuni Duw
gyda nhw am byth.